文芸社セレクション

わたしの優しい機関士

好郷 えき

KOZATO Eki

文芸社

蒸気機関車とは、石炭を燃やして、蒸気をつくり、その力で車輪を動かして走る機関車。人や荷物を運ぶための乗り物。産業革命の時代に、馬に代わる新たな動力源として、イギリスで発明された。

そして、かくいうわたしも、石炭を燃やして走るその乗り物の一台（ひとり）である。名前は、アビー。つくられたのはそこまで昔ではないけれど、人が自分達の靴をすり減らさずに済むように生み出した機械であることには変わりない、はずだった。あのめがねの青年と出会うまでは……。

もくじ

I　わたしの優しい機関士

行き交う人々の靴の音、荷物運搬車の往来を知らせる駅員の声。客車の扉がバタンバタンと閉められ、出発の合図に鳴らされる車掌の甲高い笛の音が響く。

おそらくそのような喧騒に包まれているであろう本線の中央駅から、今日も大勢の乗客を乗せて、急行列車が走ってくる。うなり声ともとれる轟音を響かせながら、列車を引いてくるのは、パワフルなディーゼル機関車だ。

パッパァーーーーン！

そんな急行列車が見向きもせずに通り過ぎていくこの駅から、本線と分かれて、緑に囲まれた山の中へと伸びていく支線が、わたしこと、機関車アビーの仕事場である。

「まもなく発車いたしまーす！　ご乗車の方はお急ぎくださーい！」

一方は、四本の線路の間に二面のプラットホームが並ぶ、本線との連絡駅でもあるふもとの駅。もう一方は、そこからずっと丘を上っていった先にある小さな村、わたしと同じくらい年季の入った住人達の姿が目立つその村へと乗り入れる頂上の駅。こちらは駅舎が隣接するホームに一本の線路が敷かれただけの小さな駅だが、その先には、わたしが車体を休める機関庫と操車場がある。停車駅はこの二つしかない。この二つの駅の間を行ったり来たりして、わたしは村に住む人々や山を訪れる観光客を運んでいる。

シュー ッ！　シュー ッ！

ところが、夏の行楽シーズンを目の前にして、今のわたしは調子が悪かった。

「すまないねぇ。本当なら、すぐにでも、配管を新しいものと交換すべきなんだけれど。」

わたしが息切れを起こしていることに気付いたらしく、機関士のハリスが言った。

「今はそれを買う余裕がないらしい。君にばかり負担をかけてしまうが、何とか古いもので持たせてほしい。なるべく早く、新しいものを用意してもらうから。」

わたしの顔を見て、申し訳なさそうに言う彼。でもね、ハリス。わたし、全然、気にしていないんだよ。だって、わたしは知っているもの。あなたが毎朝早く来て、ボイラーの中を掃除してくれていることを。

ピリピリピリッ！

「さあ、出発だ。」

彼がハンドルを引き、わたしはゆっくりと動き出す。溢れる蒸気と共に上下するピストン。ギシギシと歯ぎしりのような音を立てる車輪。観光客でいっぱいの客車達も、わたしの後に続いて、ガタゴトと走り始める。

ポーッ！　ポーッ！

配管が古いままでは、やはり十分に力を発揮するというわけにはいかなかったが、彼がきれいにしてくれているおかげで、重たい列車を引

いて、丘を上るだけの蒸気は蓄えられた。

ウーシューッ!

「よく頑張ったね。」

頂上の駅に着くと、彼はそう言って、客車から切り離されたわたしを給水塔のところまで走らせる。

ジョボボボボ!

炭水車の水槽に冷たい水が注がれ、不整脈を起こしていたわたしのエンジンも次第に落ち着きを取り戻していった。そんなわたしの様子に、給水塔の栓に手をかけたまま、微笑むわたしの機関士。彼のおかげで、わたしは機関車としての役目を果たせている。

〝彼がそうしてくれたように、わたしも彼のために何かしてあげられたら……〟

それはいつしか、わたしの心に芽生え、今までずっと抱いてきた想いであった。人に何かしてあげるなんて、おこがましいのかもしれないけれど……。

「さて、そろそろ、行こうか。」

腕時計を見ながらそう言って、給水塔の栓を閉める彼。まぁ、今、わたしができることは自分の仕事をきっちりこなして、彼の足を引っぱらないようにすることだろうか。

ウーシューッ！

しかし、そういうときに限って、厄介事が起こるものなのである。今も発車時刻を過ぎているというのに、本線の列車が運んでくる郵便物を積むために、ふもとの駅で待ちぼうけを食っているところだ。

ポーッ！　ポーッ！

ようやく本線の列車が到着し、頂上の村宛ての荷物が貨車から降ろされる。待ち構えていた男達がその荷物をわたしの客車の貨物室へと積み換えた。

バタン！　バタン！

ピリピリピリッ！

貨物室の扉が閉められると同時に、車掌の笛が鳴り、緑色の旗が振られる。

〝よぉし、遅れを取り戻さないと〟

ところが、力んだわたしの車輪は、ぐいっと客車を引き寄せた瞬間、その重みに耐え切れず、空振り一回転。

ガチャン！　ガチャン！

線路を摑(つか)み切れないまま、車輪だけが回るわたしの後ろで、客車達がぶつかり合い、左右に揺れる。すぐに車輪が線路を捕らえ直し、わたしの車体は再び、前へと進んで、なんとか走り出すことができた。しかし、機関室でハンドルを握る彼の方はどうも不満そうで……。

「気を付けて。」

隣で石炭をくべる助手に気付かれないようにだろうか、彼がぶっきらぼうに言う。

「お客さんの乗り心地が悪くなってしまう。」

仕事中は時として、こういう場面がある。ヘマをしたのはわたしだし、彼だって、いつもいつも余裕を持てるわけではないこともわかっている。でも、こちらにも感情があるわけで……。ヘマしたことに平気ではいられないし、そういう痛いところをずばり指摘されれば、道理はともかく、カチンと来ることだってある。そして、時にはそんな身勝手な感情を抱いてしまったこと自体に嫌悪を抱いたりして……。

しかし、手早くハンドルを戻し、加減弁を調整すると、彼はかまに顔を近づけてから、さっきよりも声を潜めて……。

「焦っちゃだめだよ。遅れを取り戻そうとするのはわかるけれど、自分のペースを見失ってしまっては、元も子もないからね。」

……やっぱり、ハリスは優しいなぁ。

ポーッ！　ポーッ！

でも、焦るなと言われても、それはちょっと難しいかも。だって、一体、あと、どれくらい、あなたと一緒に働いていられるか、わたし、わからないのだもの……。

パッパァーーーーン！

急行を引いて通過していくディーゼル機関車の警笛が、走り出しに苦労するわたしを冷笑しているように聞こえた。

遅れの出ていた時刻表（ダイヤ）も、日暮れを迎える頃には正しい運行を取り戻しつつあった。観光に来ていた人々をふもとの駅まで送り届け、今度はふもとの駅から頂上の駅へ向かう人々を乗せて、丘を上っていく。不安要素であった蒸気の出も比較的好調で、わたしは順調に目的地への歩みを進めていた。

ゴーン！　ゴーン！

五時を報せる鐘の音。この調子で行けば、最終列車は定刻通りに出発できそうだ。

ポーッ！　ポーッ！

汽笛を鳴らし、信号所の前を通過する。頂上の駅はもうすぐだ。心臓代わりのボイラーも、心做（こころな）しか、弾んでいるように感じられる。ところが……。

バキッ！　シューーーッ！

えっ！　一体、どうしたの？　力がどんどん抜けていく……。

キキィーッ！

突然すさまじい音がしたかと思うと、急にピストン弁にかかるはずの蒸気が来なくなったのだ。すぐにハリスがブレーキハンドルに手を伸ばし、客車の重みで後ろへ下がり始めた列車を慎重に停車させた。

「まずい……。いよいよ、配管が壊れたか。」

機関室の窓から顔を出し、ボイラーの方に目を向けた彼が言う。

嘘でしょ！　ここでなのっ！　あと少しだっていうのにっ‼

しかし、いくら頑張ってみても、わたしはもう前へは進めなかった。ボイラーの中ではひどい蒸気漏れが起きているらしく、かまの継ぎ目からは行き場を失った蒸気が溢れ出す。

ウーシューーッ！

車掌が信号所へ戻り、この事態を知らせた。その間に、ハリスはわたしの煙室を開けて中を調べたが、しばらくして顔を出した彼は助手に向かって、首を横に振ってみせた。

郵便はがき

料金受取人払郵便

新宿局承認

3970

差出有効期間
2022年7月
31日まで
(切手不要)

160-8791

141

東京都新宿区新宿1－10－1

(株)文芸社

愛読者カード係 行

ふりがな お名前		明治 大正 昭和 平成 年生 歳
ふりがな ご住所	□□□-□□□□	性別 男・女
お電話 番 号	(書籍ご注文の際に必要です)	ご職業
E-mail		
ご購読雑誌(複数可)		ご購読新聞 新聞

最近読んでおもしろかった本や今後、とりあげてほしいテーマをお教えください。

ご自分の研究成果や経験、お考え等を出版してみたいというお気持ちはありますか。

ある　　ない　　内容・テーマ(　　　　　　　　)

現在完成した作品をお持ちですか。

ある　　ない　　ジャンル・原稿量(　　　　　　　　)

書　名				
お買上 書　店	都道 府県	市区 郡	書店名	書店
			ご購入日	年　月　日

本書をどこでお知りになりましたか?

1.書店店頭　2.知人にすすめられて　3.インターネット(サイト名　　　)

4.DMハガキ　5.広告、記事を見て(新聞、雑誌名　　　)

上の質問に関連して、ご購入の決め手となったのは?

1.タイトル　2.著者　3.内容　4.カバーデザイン　5.帯

その他ご自由にお書きください。

(　　　)

本書についてのご意見、ご感想をお聞かせください。

①内容について

②カバー、タイトル、帯について

弊社Webサイトからもご意見、ご感想をお寄せいただけます。

ご協力ありがとうございました。

※お寄せいただいたご意見、ご感想は新聞広告等で匿名にて使わせていただくことがあります。

※お客様の個人情報は、小社からの連絡のみに使用します。社外に提供することは一切ありません。

■書籍のご注文は、お近くの書店または、ブックサービス(0120-29-9625)、セブンネットショッピング(http://7net.omni7.jp/)にお申し込み下さい。

「ここではどうしようもできません。助けが来るのを待つしかありませんね。」

目的地の駅までは本当にあと残り数ヤードというところだった。そこで、ハリス達は乗客に事情を説明し、駅まで歩いてもらうことにした。助手が彼らを先導し、駅までの道のりを案内する。一方、ハリスはこの場に残り、わたしと一緒に救助が来るのを待っていた。

「……。」

救助を待つ間、彼は一言も発しなかった。わたしもわたしで、彼の方を見られずにいる。こんなみじめな顔をした今のわたしを見たら、彼はどう思うだろう？　自分が恥ずかしいというのもあったけれど、それ以上に、彼に悪いような気がして仕方がなかったのだ。

ブッブー！

まもなく、ディーゼル機関車が到着し、わたしと客車を頂上の駅まで押していった。ゴロゴロと気持ちよさそうにエンジン音を立てる彼は、わたしを機関庫の中へと押し込むと、わたしが運ぶはずだった最終列車のお客さん達を迎えに、駅の方へと走っていった。

カチャン！　ガサガサ！　ゴトン！

わたしと共に機関庫に残されたハリスが工具を手に取り、早速、配管の修理に取りかる。

「パイプ自体は壊れていない。途中が詰まったことで、つなぎ目が外れたんだ。これなら、今日中に直せる。明日には仕事に戻れるよ。」

彼は笑顔でそう言ったが、その作業にはとても時間がかかった。陽はすでに沈み、機関庫の窓からは外灯の明かりが射し込んできている。

そこへ、機関車のものらしき影が一つ、すーっと滑り込んできた。そして、それに続いて、人と思しき影も一つ、映り込む。

ブッブー！

どうやら、わたしの代わりに走ったディーゼルが列車を引いて戻ってきたようだ。

「いやぁ、ご苦労さん。おかげで助かったよ。」

この声は……駅長だな。窓の外から聞こえるその声が、ディーゼルから降りてきた機関士を労っている。

「うちの支線も早く、新式のディーゼル機関車を使えばいいんだがねぇ……。」

ディーゼル機関車は石炭ではなく、油を燃料として動く機関車である。ディーゼル機関車は蒸気機関車に比べて、世話が少なく、今はパワーやスピードで勝るものも多い。ふもとの駅で顔を合わせる本線の機関車も、さっきみたいな緊急事態に駆けつける機関車も、近頃はディーゼルエンジンで走るものが多くなったように感じる。人や荷物を乗せて、日々、安定感のある運行が求められる鉄道において、ディーゼル機関車が優れた存在であることは確かだ。

しかし、今、機関庫の外で話す駅長の口から出てくるその言葉は、純粋にディーゼル機関車の優秀さを評価するものというより、彼らに比べて時代遅れな代物となってしまった蒸気機関車、つまり、わたしへの悪口、不満が当てこすりにされているように感じられた。わたしの被害妄想が強いだけなのかもしれないが……。

「いつまで、あのおんぼろ機関車でお客を運べることやら。はっはっは――」

……こんな奴らに言われなくても、お客さんの期待に応えられる仕事ができなかったことは、わたしが一番感じているんだ。

〝わたしがあのとき、不用意に汽笛を鳴らさなければ……〟

〝もっと慎重に蒸気を吐いてさえいれば……〟

「気にすることないよ。」

不意にかまの下から声が聞こえてきた。しばらくすると、灰で顔を真っ黒にしたわたしの機関士が車輪の間から姿を現す。スパナを手にしたまま、彼はその身体を起こすと、わたしの顔が見えるところまでやって来て……。

「そりゃあ、今になってみれば、あのとき、ああしていれば、もっとこうしていたら、と色々言うことはできる。本人じゃないのなら、なおさら言える。」

……。

「でもね、それはもう考えても仕方のないってときもある。だって、結局のところ、僕らにできるのは、僕らにできることだけ。それを超えることはできないのだから。」

……。

「君はよく戦ったよ。」

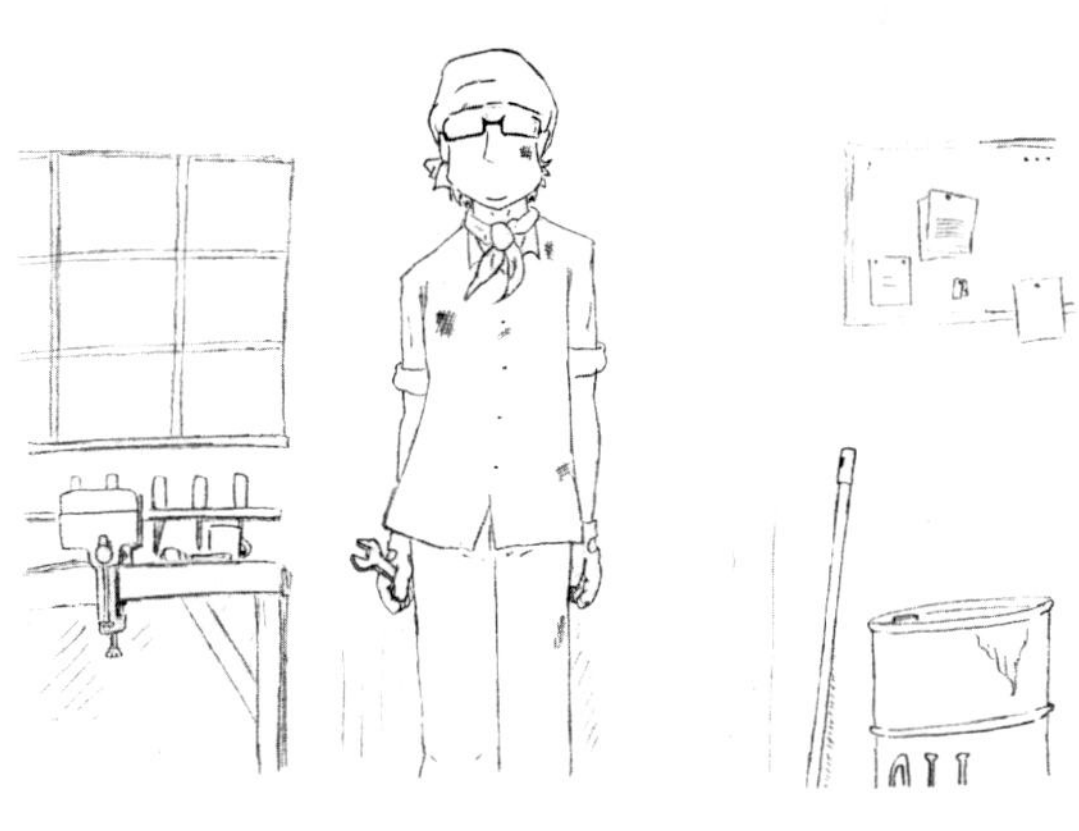

……。

「さあて、もうひと踏ん張りだ。ここさえ直せば、また、明日も列車を引っぱれるよ。」

そう言って、彼は再び、車体の下へと潜っていった。

ありがとう、ハリス。あなたの言葉に、わたしはいつも救われている。あぁ、切り替えて、明日も頑張らなくちゃ。

でもね、ハリス……。それでも、やっぱり、本当のこと言うとね……。わたし、まだ、くやしい気持ちが消せないんだ……。

Ⅱ　わたしと彼と助役と子ども達と

気候が暖かくなるにつれて、人間というのは都会を離れ、自然と触れ合いたくなるようだ。初夏の心地よい風が吹き抜ける緑の丘。太陽の光を浴び、きらきらと輝く湖。そんな自然豊かな森に囲まれた頂上の村。とりたてて特別なものは何もないわたしの支線だが、気持ちのよい郊外を求めて、この季節は客足が増える。

シューッ！　シューッ！

今朝も、わたしが客車を連れて、ふもとの駅までやって来ると、大勢の人々がプラットホームで待っていた。男性はみな、ノーネクタイに薄手のジャケット。女性はつばの広い日除け帽。手には、おそらくお弁当が詰められているのであろうバスケット。中には、大きめのリュックサックにたくさんのポケットが付いたベスト、頑丈そうな靴で山を登る気満々と見受けられる人もいて、おおよそ行楽目的のお客さんばかりであることがわかる。

バタン！　バタン！

駅員達が客車の扉を開けると、人々は荷物を前に抱え直し、板張りの座席に深々と腰を下ろしていった。そして、ホームにいた人々が全員、客車に収まったのを確認すると、車掌が合図の笛を吹き、緑色の旗を振る。

「出発進行！」

ポーッ！　ポーッ！

雨降りの続いた日々が終わり、今年もいよいよ、夏本番を迎えたようだ。例によって、鉄道利用客の多くなるこの時期、わたしもハリスも、他の鉄道員達も忙しい日々を過ごしていた。切符売り場のあの娘(こ)も、今日は売り場を出て、ホームでお客さんの案内に追われている。

「いってらっしゃい。よい旅を。」

その上、今週は駅長が出張で留守にしている。おかげで、駅長の次に偉い人、助役は責任者としての仕事を一手に担うことになり、ぴりぴり、いらいら。今も、定刻ぎ

りぎりに到着したわたし達に気付くと、機関士のハリスを呼びつけて……。

「毎度毎度、時間ぴったりに到着とは、流石ですね。僕など、いつもいつも、冷や冷やさせられているというのに――」

「駅長から、あなたには特に気を配るようにと言われていましたが、その意味がわかりましたよ――」

　ふてぶてしい駅長に比べ、若干迫力には欠けるものの、彼は駅長とは違ったいやらしさの持ち主で、終始、このような嫌味っぽい言い方でわたしの機関士を口撃していた。

「やれやれ。」

　彼の小言から解放されると、ハリスはハンカチを取り出し、額の汗を拭った。わたしは、もうすでに遠くへと歩き去っていた上役の背中に

向かって、

シューッ！

と、蒸気を吹きかけてやった。わたしの大切な機関士(パートナー)を八つ当たりの的にすることには腹立たしさを覚える。

とはいえ、これ以上、無闇に彼の神経に触れるのも酷に思われたので、次の列車は特に時計の針の動きへ注意を払いながら、走ってみた。

「ハードウィック行き！　ハードウィック行き、発車いたしまーす！」

ポーッ！　ポーッ！

おかげで、さっきよりは余裕をもって、頂上の駅へと戻ってくることができたのだが、それでも、彼の表情にとりたてて変化はなく、わたしの炭水車の水をいつもより多めに消費させたに過ぎなかった。

「無理しなくてもいいんだよ。」

わたしの心のうちに気付いていたのか、ハリスはそう言って、わたしを給水塔のある待避線へと連れていった。

ジョボボボボ！

炭水車の水槽に冷たい水が注がれているのを感じ、次第に気持ちも落ち着いてきた

わたし。そこへ、駅舎の裏の広場に見慣れない大きなバスが入ってくるのが目に留まった。

ブロロロロッ！　プスン！

バスが止まると、中から大勢の子ども達が降りてくる。

「あれは幼稚園の遠足だね。きっと、これから、ハイキングに行くんだろう。」

隣でわたしと同じようにその様子を見ていたハリスが教えてくれた。

お揃いの洋服に、お揃いのかばん。頭にもみんな、お揃いの黄色い帽子を載せているが、いくぶん帽子の方が頭よりも大きいようで、中には目や耳まですっぽりと隠れてしまっている子もいた。

「きゃーっ！」

「わーい！」

何がそれほど面白いのか、広場に降り立つや否や、歓声を上げる子ども達。子どもというのは、時々線路に迷い込んでくる羊と同じ、あっちへこっちへと自由奔放に動きまわるばかりで、何を考えているのか、よくわからない厄介な生き物だと思っていた。でも、どういうわけだろうか、今日は、ああして満面の笑みを浮かべながら、列を成して、目の前を横切っていく彼らを見ていると、なんだか可愛らしいと思えてきた。水槽がいっぱいになって、気持ちが穏やかになっていたせいだろうか。

そういえば、以前、こんな話を耳にしたことがある。子どもというものはなぜ、可愛いのかと言えば、それは生まれたばかりで非力な自分の面倒を他人にみてもらうためだという。人間という生き物が――人間に限ったことではないのかもしれないが――その命をつなぐため、子どもは生まれもって人を惹きつける見た目を備えており、一方の大人達は子どもの世話を焼きたくなるように、彼らを可愛いと感じるセンサーが備わっている。〝自然の摂理〟というやつでそう決まっているのだ、と。

わたしがその話を聞いたときは、それがダサンテキで夢のない話だという様子で話が結ばれていたが、そう思うのが普通なのだろうか。仮にそうだとしても、その存在だけで人に癒しを与えられるのだとすれば、正直、とても羨ましい、とわたしは思ってしまった。だって、わたしのような鉄の塊では……。

ふとそんなことを考えているうちに、一行はハイキングコースの入口へと向かって歩き出した。その隊列が駅舎の影へと消えていくのを見届けると、わたしも客車をつないで、乗客の待つホームへと向かう。

ポーッ！　ポーッ！

空は青く澄み渡っており、暑いことに目をつぶれば、遠足には絶好の日和だった。小鳥も線路脇の柵に留まって、気持ちよさそうに歌を歌っている。

ところが……。

ゴロゴロゴロゴロ！

ふもとの駅から折り返し、丘を上っていると、頂上の辺りに黒い雲がかかっているのが目に入った。やがて、雨が降り出し、駅に近付くにつれ、それは勢いを増す。雷の落ちる音が二度三度響き、頂上周辺が嵐に見舞われているのがわかった。

ウーシューッ！

強風に煽（あお）られながら、やっとの思いで駅にたどり着くと、すでにそこには大勢の人々が押し寄せていた。

「この天候では、列車は出せません。それに、石炭がもう残り少ないんです。一度、機関車に引き上げさせてください。」

手にした切符を振り上げ、客車に乗せろと叫ぶ人々を前にそう言うと、ハリスはびしょ濡れのわたしを乾いた機関庫の中へとバックさせた。作業員達がわたしの炭水車に石炭を放り込み、その間にハリスと助手の男性は濡れた頭を拭き、雨合羽を着込んだ。

「ひどい雨でしたねぇ。」

そこへ、機関庫の扉をノックする音が聞こえると同時に、誰かが飛び込んできた。その人物は駅員の制服の上着を頭まで引っ張り上げ、雨避けにしている。

「あの、ハリスさん。」

切符売り場の彼女だ。上着を肩まで降ろした彼女がその顔を見せる。

「あっ、はい。どうしました？」

名前を呼ばれ、呼応する彼。機関庫という裏方ではあまり顔を見ることのないお客さんの登場に、彼は少し驚いたようだった。

「実は、遠足の子ども達が今、山から戻ってきたのですが、駅舎の方はすでに人がいっぱいで。ここで雨宿りをしてもらってもかまいませんか？」

彼はちらりと窓に目を向ける。窓の外では、依然として、暴風雨が吹き荒れていた。

「ええ、いいですよ。機関車に近付かないようにしていただければ。」

すぐに、先生と思しき大人二人に連れられて、三十人ほどの子ども達が入ってきた。ハリスは作業机などを隅に寄せ、彼らが座れる場所をつくってやる。そして、寒さに身体を震わす子ども達と先生に、切符売り場の彼女が乾いたタオルと温かい飲み物を配ってまわった。

シューッ！　シューッ！

わたしのシリンダーから溢れる蒸気で庫内も暖まってきた。ひと通り仕事が済むと、ハリスはまた窓越しに外を見て、それから、助手の方を向き……。

「雨が弱まってきました。これなら、次の列車は定刻通りに発車させられるでしょう。」

彼らが準備に取りかかろうとしたとき、また、機関庫の扉が叩かれ、別の駅員が年配の女性と一緒に入ってきた。その駅員は開口一番……。

「ハリスさん、子ども達をふもとの駅まで送っていってもらえませんか？」

「何かあったんですか？」

神妙な面持ちの二人を前に、ハリスが尋ねる。

「ええ、それが――」

聞くに、シルバーグレイの髪色が映える年配のその女性はここにいる子ども達の幼稚園の園長先生だった。園長先生が言うには、子ども達をここまで乗せてきたあのバスは、彼らを降ろしてすぐ、一旦、山を下りたそうだ。ハイキングから戻る頃、再び、ここまで迎えに来る予定となっており、嵐で駅に引き返してきた園長先生はすぐにバスの会社に電話をし、迎えを頼んだそうなのだが……。

「実は、この雨でさっき、土砂崩れが起きたんです。それで、ここへ来る道路が寸断されてしまって、バスが来られないそうなんです。」

駅員が地図でその土砂崩れがあった場所を指し示しながら、ハリスに言った。

「バスはふもとの駅で待機しています。そこまで送ってもらえないかしら？」

「助役は列車の運行表に支障が出ないならば、いいと言っているのですが。」

園長先生に懇願され、ハリスはわたしの隣で身体を寄せ合って座る子ども達の方を見た。それから、わたしに一瞥をくれると……。

「もちろん、いいですとも。予備の客車もありますし、次の列車で一緒にお送りしましょう。」

ハリスの返事に、園長先生はお礼を言うと、子ども達のところへ行き、列車に乗って帰ることを伝えた。すると……。

「わぁぁぁ――」

園長先生がそれを伝えた瞬間、子ども達から歓声が上がったのだ。
子ども達、とりわけ男の子には乗り物というものが、交通の手段という本来の有用性、つまりどれくらい役に立つかとは別に、人気者となっているらしいことは、わたしも小耳に挟んでいる。ハイスピードトレインと呼ばれる流線形のディーゼル機関車。サイレンを鳴らして現場へと急行するパトカーに、真っ赤な消防自動車。力持ちのショベルカーに背の高いクレーン車といった工事現場で働く車。そして、翼を広げ、大空を駆け抜けていく飛行機など……。しかしながら、わたしのような蒸気機関車でもその対象の一つになれるのだとは知らなかった。なんだかグッと胸が熱くなる思いがして……。
ウーシューーーッ！

「しかし、実際、大丈夫なんでしょうか?」

子ども達や園長先生とは十分距離があることを確認し、駅員が声を絞って、ハリスに尋ねてきた。

「すでにお客さんが大勢待っていますし。次の次の列車に乗ってもらった方がいいのでは?」

「いいえ、大丈夫でしょう。下りだけの道のりですから。これが上りなら、かなり厳しいでしょうが。」

彼はそう言って、まだ不安そうな顔をしている駅員を機関庫から追い出した。終始、つくり笑顔でその表情を固めたまま。

ポーッ! ポーッ!

まもなく、準備が整い、プラットホームには五輛の客車が連なった。一般の乗客達は前四輛に案内され、最後尾の一輛が子ども達と先生にあてがわれた。

バタン! バタン!

全員の乗車が完了し、客車の扉が閉められる。緑の旗を手にした車掌が、車掌室のある四輛目の車輛に乗り込んだ。

「さあ、大仕事だ。しっかり頼むよ。」

ハリスがわたしの車体を擦りながら、囁く。助手がかまに放り込んでおいた石炭の山がボウボウと燃え、わたしのボイラーは蒸気で満たされる。

カチッ！

時計の長針が六の文字と重なり、車掌がくわえていた笛を吹こうとする。ところが、その瞬間……。

「待った！　出発待った！」

突如、大声と共にその姿を現した助役。右腕を振り上げながら、列車の方に駆けてくる。

「……。」

大仕事を控えて、万事がうまく進んでいることで落ち着かせていた緊張を前に、ただごとではない彼の様子には、なんとも嫌な予感を抱かずにはいられなかった。

Ⅲ　機関車の望みごと

遅れたら、文句を言われる。万が一、定刻より早く着いたとしても、次の発車まで待たされるだけ。褒められることは滅多にない。

それが鉄道というものだし、鉄道が動いていなければ、困る人達がいるということも承知している。

しかしながら、正直なことを言えば、自分達の仕事が人の役に立っているのだということを実感できる機会がほしい。鉄道で働いていて、そう思っている者は多いのではないだろうか。

少なくとも、わたしにはそういう願望がある。だって、この〝時間通りに走っていて当たり前〟と思われがちな鉄道での日々に、わたしは時折、自分がとてもちっぽけな存在に思えてくることがあるのだもの。独りよがりが過ぎるかなぁ……。

ところが今回はどうやら、その願望が叶ったようである。もっとも、このときの嬉しさを共有したくて、あの日のことを話し始めたわけだが――

「待った！　出発待った！」

右腕を振り上げて叫ぶ助役の登場に、周囲はざわついた。彼は車掌を手招きしながら、わたしの方へ歩いてくる。

「どうしたんですか？」

車掌もくわえていた笛を口から外すと、助役を追って、こちらへと駆けてくる。ハリスがわたしの車輪にブレーキをかけ、助手と共に機関室を降りると、四人は自分達に注目を向ける乗客達から逃れるように、ホームの一番前までやって来た。ただならぬ様子に、ホームにいた他の駅員達も集まってくる。

「列車は走らせられません。今、土砂崩れの復旧作業のために、工事車両を載せた列車がこちらに向かっています。旅客列車はその列車がこの駅に到着してからの出発です。」

車掌達の顔が曇った。列車をすぐに出すことができないという判断は元より、助役の

躊躇(ためら)いなくそう言い放つ様(さま)はそれ以上に、ひどく非情なものに感じられた。

「しかし、子ども達の帰りが遅くなれば、親御さんが心配するのでは？」

「それに、他のお客さん達も何と言うか……。」

車掌が目の前の上役の顔色を伺いながら言い、助手もそれを援護するように付け加えた。

しかし、助役は首を横に振るばかり。

「復旧作業を最優先にするように、と上からのお達しです。ふもとの駅からここまで線路は一本。旅客列車には待ってもらうしかないでしょう。」

この頂上の村とふもととを結ぶ交通手段(みち)は、わたし達鉄道以外には、土砂崩れで塞がれたその道路だけだ。

もし、今、救急車で運ばなければならない急病人が出たら？　もし、水道管や電線に異常が出て、すぐに大規模な工事を行なわなければならない事態になったら？　駅の裏にある食料品店の主人だって、村で唯一のB&B（注 Bed and Breakfast の略。宿泊と朝食をセットにした簡素なタイプの宿）のオーナーだって、冬場に道路が閉鎖されているとき以外は、自分で車を運転して、仕入れに行っている。仕事へ行くのに車を使っている人もいるし、郵便屋さんだって、新聞配達のお兄さんだって……。

道路が使えないと、困る人はたくさんいる。みんなが黙ってしまうのも無理はなかった。助役が言うことも間違いではないということを、誰もがわかっていたからだ。

シューッ！　シューッ！

とはいえ、すでに客車に乗り込み、出発を今か今かと待っているお客さん達を待たせなければならないということには総じて抵抗があるようで、誰もその場から動こうとはしなかった。その物々しい雰囲気は乗客達にも伝わってしまったようで、わたしの後ろに連なる客車からは彼らのざわつく声が再び、漏れ出し始める。すると……。

「では、途中の駅で待ち合わせるというのはどうでしょう？」

それまで黙っていたわたしの機関士が突如、口を開いた。

「途中の駅って、鉛の鉱山のところですか？」

「ええ、そうです。」

これまであまり触れたことはなかったが、ふもとの駅と頂上の駅とのおおよそ中間にはもう一つ、駅がある。昔、そのそばにあった鉛の鉱山のためにつくられた駅で、鉱山が閉鎖された現在(いま)は使われていないのだが、そこには、鉛を運ぶ列車が旅客列車の通過待ちをするために、線路が二手に分かれているところがある。

「なるほど。そこで二つの列車を行き交わせれば、工事車両を積んだ列車を待たせなくていいし、こちらの列車もここで待っていなくていいということか。」

車掌達は賛成したが、助役はいい顔をしなかった。

「だめだ、だめだ。待ち合わせがうまくいかなかったら、工事車両の列車を待たせなければならなくなります。この間だって、故障して立ち往生したばかりでしょう。」

そして、彼は駅のそこかしこに設置されている時計の一つを指さして、言った。

「工事車両を載せた列車はもうまもなく、ふもとの駅を通過します。」

「では、下りを走るこちらの方が有利です。」

「……っ。」

予想外に食い下がってくるハリスに、助役はどうやら面食らってしまったようだ。

「必ず、工事車両の列車より先に、駅に着いてみせます。責任は自分がとります。列車の出発を許可してください。」

　ハリスという人物は、わたしに負けず劣らず、意外と強情なところがあり、そのためか、いざというときには、相手に有無を言わさない強烈な威圧感を出せるという必殺技がある。何より今回は、助手や車掌、切符売り場の彼女ら駅員達、そして客車五輌分の乗客、と大勢の味方をつけていることもあって、その効果は覿面だったようだ。

「……。」

　助役の顔はすでに青ざめており、すっかり気圧されていることは一目瞭然だ。うんともいやとも言えずに、ただ小刻みに震えるばかりだったが、やがて、その首を二度ほど上下に振ったのだった。

「じゃあ、私、ふもとの駅に連絡してきます。」

　切符売り場の彼女がいち早く名乗りを上げ、事務室へと駆けていった。

「では、我々も準備を。」

　助手と車掌もそう言うと、それぞれ、自分の持ち場へと急ぐ。そんな彼らに、ハリスも安堵した様子を見せると、目の前に立つ上役に、

「ありがとうございます。」

　と一礼して、機関室に戻ってきた。その場に残された助役はただただ無言でハンカ

なかった。
チを額に当てていたが、その震えた右手では、流れ出る冷や汗をほとんど拭えてはい

シューッ！　シューッ！

程なくして、切符売り場の彼女が駅舎の中から戻ってきた。

「工事車両の列車はまだ、ふもとの駅を通過していないそうです。駅に着き次第、途中駅での待ち合わせの件を伝えてもらうようにお願いしましたので。」

「わかりました。どうも、ありがとうございます。」

「いいえ。じゃあ、お気を付けて。」

わたしの車台の下からモウモウと立ち込める蒸気に、彼女はゆっくりとホームの奥へ遠ざかる。

「子ども達のこと、お願いします。」

「はい。行ってきます。」

ピリピリピリッ！

車掌の笛が響き、わたしはゆっくりとピストンを動かした。いつもより重たい客車の列に車輪を取られ、走り出しはひと苦労だ。

シューッ！　シューッ！

「がんばれ。」

加減弁のハンドルを慎重に操作しながら、機関室に立つ彼が囁く。

下りのところまで行けば、楽になるはず。雨はさっきより弱まってはいたものの、木々の間を吹き抜ける強い風と一緒になって、わたしの車体（からだ）に激しくぶつかる。そして、線路へと滴り落ち、その表面をつるつると滑りやすいものに変えていった。

ウーシューッ！

やっとのことで平坦な線路（ばしょ）を脱し、列車は下り坂にさしかかった。客車の重みが後押しとなり、列車を引くのがだいぶ楽に感じられる。徐々に速度も出てきて、わたしはホッとしたが、それも束の間……。

ギィーッ！　ギィーッ！

わたしの車台の下からおぞましい金切り声が聞こえてきた。どうやら、スプリング——車輪と車体とをつなぎ、地面からの衝撃や振動を吸収するばねのこと——が弱っているようだ。線路のつなぎ目ごとに車輪がギシギシ鳴り、その衝撃がまともに車体全体に響く。

ひゃーっ！

車体が揺れるたび、わたしは悲鳴を上げた。その声は機関室の彼にも届いていたようで……。

「車輪のどこかに異常が起きているようです。スピードを落としましょう。」

ハリスは注意深く列車の速度を調整し、ベテランの助手もシリンダーに余計な力がかからないよう、火を小さくし、蒸気の量を減らした。

「さて……。」

ひと仕切り仕事を終えると、ハリスがわたしのかまを擦りながら、再び、囁きかけてきた。

「とりあえず、今、ここでできるだけのことはした。あとは、君にがんばってもらうしかない。」

本当は今すぐにでも止まって、金切り声の出ているところを診てもらいたいところだったが、今はそれが叶う状況ではないことも承知している。わたしにできることは、車輪に負荷をかけないように気を付けながら、ありったけの力で前へ進み続けることだけだった。

ポーッ！　ポーッ！

速度を落としたおかげで線路のつなぎ目ごとに受ける衝撃は和らいだが、それでも車台の下からはスプリングの、今にも折れてしまいそうなキーキーという音が響いていた。時折、車体の揺れが大きくなると、車輪受けに車輪がぶつかって、にぶい音と共に痛みが走る。

ウーシューッ！

でも、わたしは止まらなかった。今思うと、どうして、あの状態で走り続けられたのだろうかと思う。ただでさえ、古い配管のせいで息が上がりやすくなり、遅れを出すことがある今日この頃だというのに。

もちろん、このときも息は上がっていたが、もう走れないとは微塵も思わなかった。きっと、機関車として、これ以上ないやりがいを感じていて、それが車輪受けの痛みや息苦しい配管のことを忘れさせてくれたのだろう。

ポーッ！　ポーッ！

り、気付けば、全ての客車からそれは聞こえるようになっていた。中にはこの雨と風の中、わざわざ、客車の窓を開けて、声を届けようとしてくれる人までいて……。

「不思議だねぇ。こっちの事情はお客さん達、知らないはずなのに。」

見ると、機関室にいたはずのハリスがいつの間にか、わたしの目の前に立っていた。そして、わたしと共に歓声に沸く客車の方へと目を向けながら、言う。嬉しそうに笑みを浮かべて。

ウーシューーッ！

わずかに残っていた蒸気がシリンダーからするりとこぼれる。車輪受けはまだじんわりと痛かったが、わたしはなんだかとても報われた気がした。嬉しさも誇らしさもあったが、何よりもまずは安堵の気持ちが強かった。

カンカンカン！　ギシギシ！　ギューーッ！

ハリスがわたしの車台の下を調べ、痛みのあるところに応急処置を施してくれた。肝となっていた工事車両の列車との待ち合わせに間に合ったことの達成感で、まだ最終目的地まで数十マイル残っていることを忘れかけていたわたしだったが、彼のおかげでふもとの駅までの道のりも無事に走り切ることができた。これで、子ども達もバスに乗って、家へ帰ることができる。

わたしがよろよろと頼りない走りで、待ち合わせ場所の駅に姿を現したとき、そこに他の列車の影はなかった。助手が降りて、ポイントを切り換えると、わたしは客車を連れて、長らく使われていなかった側線へと退く。

ブッブー！

程なくして、大きなディーゼル機関車が重そうな工事車両を載せた貨車を引いて、わたしの横をすれ違っていった。

〝……間に合ったんだ〟

すると、遠くの方から、ペチペチと可愛らしい音の拍手が黄色い歓声と共に聞こえてきた。それは列車の最後尾、五輌目の客車から響いている。やがて、その音はだんだんと大きくな

「ありがとうございました。」

園長先生が機関室を降りてきたハリスや助手の手を取り、感謝の言葉を述べる。

ホームは本線の列車へと乗り換える人々でいっぱいとなっていたため、客車から降りていく子ども達を見送ることは叶わなかった。けれど、客車から切り離され、転車台の方へと進んでいく途中、わたしは、先生達に連れられ、バスの方へと移動する子ども達の列に再び、遭遇した。わたしに気付いた子ども達の何人かがこちらに向かって、手を振る。ハリスもそれに気付いたようで、汽笛の弁へと手を伸ばした。

ポッ！　ポーーーッ！

なんとかここまで走ってきたわたしだったが、さすがにもう列車を引いて頂上の駅へと戻ることは望めなかった。合流点の駅で停車している間に、すでに車掌が連絡を入れていたらしく、次の列車は待機していた別の機関車が引き受けてくれた。

こうして、今、わたしは整備工場にいる。修理のため、しばらくは仕事に戻れない。でも、いいんだ。役に立つことができたのだから。それに、ここだけの話、わたしは運がいい。だって、修理のついでに、先延ばしになっていた配管の交換も、ようやく、やってもらえることになったんだもの。

確認できている。今でも時々、本線を走る機会はあるのだが、ここだけの話、やはり、車輪を思いっきり動かせる長距離を走るというのは気持ちがいい。後ろに連結している炭水車からもわかる通り、わたしだって、元々は長距離を走るためにつくられたわけだし。

それがある日突然、何の説明もないまま、わたしは山奥にある小さな村からふもとまでを結ぶ支線で働くこととなった。もっとも、当時のわたしは、それをどうこう思うということはまだなかったし、そのどうこう思うために必要な言葉も知らなかった。だから、新しく担当になっためがねの青年にも、特別、何の興味も抱くことはなかった。最初のうちは……。

この支線での仕事は、わたしにとって、ある意味、新鮮なものであった。さっきも言ったようにこの頃の記憶はおぼろげだが、本線を走っていたときは、わたしがホームへ行くと、すでに客車が用意されていたのをなんとなく覚えている。荷物係の男達が半ば喧嘩のような怒号を飛ばしながら、せっせと荷物の積み込みをしており、乗客達もバックで駅へと入ってくる機関車(わたし)の姿を見ると、見送りに来たのであろう家族や友人に別れを告げ、足早に客車に乗り込んでいったものだ。

一方、この支線に来てからは、わたしの準備が整っていても、すぐには発車できな

Ⅳ　考える鐵（てつ）

わたしはいつから、こうして、ものを考えるようになったのだろう。機関車として、この世に誕生したときから？　いや、違う。昔は今よりもたくさんの客車を引いて、うんと長い距離を走っていたはずだが、その頃からこれほど色々と頭の中で言葉を行き交わせていた覚えはない。というより、その頃の記憶自体、あまりはっきりとはしていない。当時走っていたのが、この鉄道の本線だったのか、それともよその鉄道だったのか、それすら覚えていないのだ。

ただ、これについては、時々耳にする鉄道員達の会話を聞くに、今の仕事に就く前にこの鉄道の本線で列車を引いていた期間があることは

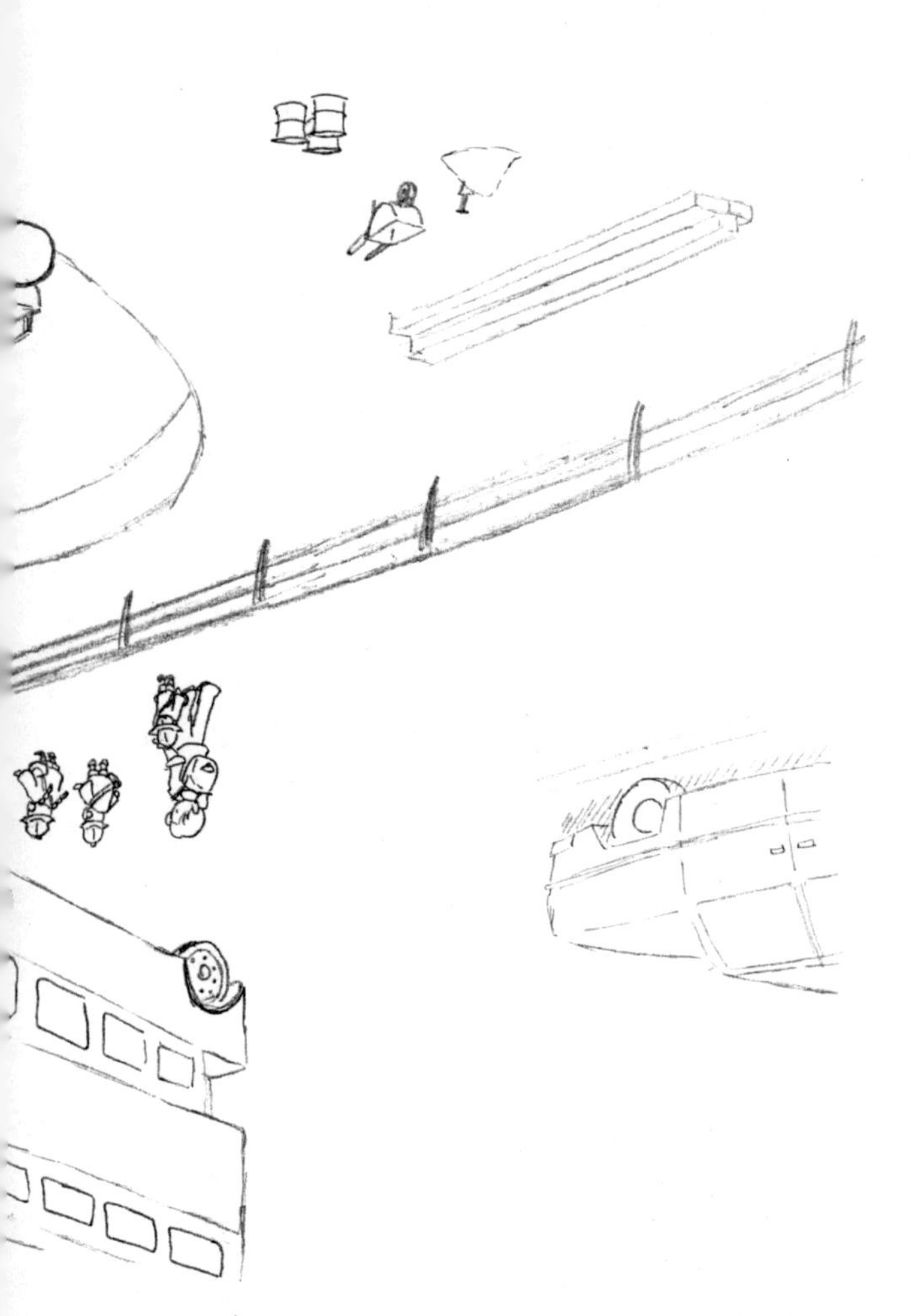

たときよりもずっと軽い。

シューッ！　シューッ！

あのね、ハリス。ハリスの考えていること、合っていたよ。みんなが列車を走らせるかどうかで揉めていたとき、わたしの頭には子ども達の顔が浮かんでいた。機関庫に雨宿りしに来たあの子達の顔が。みんなを列車で送ると決まったとき、全員ではないけれど、彼ら、彼女らはわたしを見つめていた。まるで、ヒーローでも見るかのような眼差しで。蒸気機関車が骨董品化されつつあるこのご時世、そんな風に見てくれる子どもがいるとは思わなかった。

〝あの子達の期待に応えたい〟

わたしはあのとき、そう思っていた。それは、あなたにも伝わっていたんだね。

ガチャン！

わたしの連結器が貨物列車のそれと結ばれ、ネジが締められる。さあ、出発だ。今日はもうこれで何度目かわからないけれど。

ピリピリピリッ！

いつかは終着駅が見えてくるはず。今は大変でも。少しずつでも前に進もう。大丈夫、あなたと一緒なら。

いなら、君をこんな目に遭わせてしまったことを謝るよ。でも、もし、僕の考えている通りで合っているのだとしたら、君にはお礼を言わなくてはいけないね。君がいてくれて、よかった。君は間違いなく、ヒーローだ。少なくとも、僕にとってはね。」

ガタン！

助手が水槽の蓋を閉める音に、タイムトリップしていたわたしの意識が呼び戻される。

「よし、給水完了だ。仕事に戻ろう。大丈夫、じきに終着駅が見えてくるよ。」

ポーーーッ！

わたしは暗闇に包まれた本線のレールの上を再び、走り出した。水槽を満タンにした分、車体（からだ）は重くなったはずなのに、置き去りにしてきた列車の元へと向かうわたしの足取りは、来

いという場面に出会うことが多くなった。本線を走る列車が到着するのを待たなければならないからだ。正確には、頂上の駅へ行くために本線を走る列車に乗って、この駅までやって来るお客さん達を待っているのだが。本線の列車が定刻通りに到着すれば、わたし達もあまり待たされずに済む。しかし、それがそううまくはいかないというのがこの支線での日常であった。と言っても、当時のわたしには〝退屈〟という感情はなく、待つことはあまり苦ではなかった。それに、この待ち時間はわたしにとって、鉄道員達がする立ち話を聞くいい機会になっていたのだ。

例えば、あるときは一人の鉄道員がホームの中央に提げられた円盤状のものを見て、

「来ないなぁ。もう疾うに予定の時間は過ぎて

いるっていうのに。」

と言い、片足のつま先を上下させ、トントントントントンとリズムを刻み始めた。彼が視線を向ける円盤の中央からは二本の針が伸びており、時々、その針の長い方がカチリと動く様子を目撃する。もう一人の鉄道員も同じようにその針が動くのを見て、

「遅れたら、また、駅長の機嫌が悪くなるぞ。」

と言い、手に持った布切れのようなもので額（ひたい）から浮き出る水滴を拭った。

このときは彼らの言っている言葉の半分もわからなかったが、その後、到着した本線の列車から降りてきた人々を乗せ、頂上の駅までやって来たとき、それは全てつながった。

「遅い！　一体、何をぐずぐずやっていたんだ!?」

大声を出しながら、わたしの乗務員達に向かってくるこの男性がおそらく、先ほど話に出てきた〝駅長〟なる人物だろう。彼は両目の端を釣り上げ、乗客を見送るときに見せているのとはだいぶ与える印象の違う顔をしていた。これが〝機嫌が悪い〟ということなのだと理解するまでにはまだしばらく時間がかかったが、そのような状態になると、他の人が何を言っても聞こうとはせず、自分の言いたいことだけをああも堂々とぶつけられるようになるものなのだと感心したことは覚えている。そして、そ

んな〝機嫌が悪い〟をぶつけられるのが、わたしではなくてよかった、と彼の前で立ちすくむめがねの青年を見ながら、よく思ったものだ。

これは当時のわたしにとって、かなり印象深い出来事だった。もしかすると、この支線に来てからの思い出の中で一番古いものかもしれない。もっとも、その光景は現在でもよく見られるものだし、今ではその二本の針の付いた円盤が〝時計〟という名前であることも、その時計の針がどれだけ動いたかが駅長の機嫌に大きく影響するということも知っている。

しかし、こうして思い出を掘り返してみると、今日、わたしの頭に浮かぶ言葉の数が増えたのも、こうやって自分の話を語れるようになったのも、今となっては顔も名前も思い出せない彼らの立ち話のおかげということになるのだろうか……。

いや、でも、それだけではない気がする。そういえば、立ち話で思い出したが、こんな思い出もあった。それは、当時、担当だった車掌の様子がおかしいことから始まった。

「手が止まっているよ。」

客車から降りていく乗客達を見送ったままでじっと動かない車掌に、助手が声をかける。

「ああ、すまない。ちょっと考えごとをしていて……。」

「悩みごとかい？」

「ああ。実はこの間、田舎の母親から電話があってね。祖母が散歩中に階段でつまずいて、怪我をしたらしいんだ。」

「おばあさんが？　それは心配だねぇ。」

「ああ。まぁ、骨折とかはしてないらしいんだけど、そのことがあってから外へでかけたりするのが怖くなってしまったようなんだ。それでなんだか、すっかり元気をなくしているらしくて。」

「お見舞いには行かないのかい？」

「うーん、それも考えたんだけど、ちょっと遠いし。行ったって、どうこうできるわけじゃないからね。」

「そっか。まぁ、仕事もあるしね。仕方ないな。」

助手は時計に目をやりながらそう言うと、ホームを降りていった。車掌の彼もため息を一つつくと、手元の運行表に視線を移した。そこへ……。

「会いに行ってあげてはいかがですか？」

急に声がしたかと思うと、もう一人の乗務員が機関室から姿を現した。車掌の彼も

わたし同様に驚いた様子だったが、それを苦笑いでごまかして……。

「えっ？　ああ、さっきの話ですか？　いや、本当にいいんですよ。僕が行ったって、何かできることがあるわけじゃないんですから。僕が行かなくても、僕の両親や叔父夫婦とかがそばにいますし。」

車掌の彼は早く話を切り上げたい素振りを見せたが、もう一人の彼はそれを全く意に介していない様子で続けた。

「しかし、顔を見せるだけでも何か変わるかもしれませんよ。遠くで暮らしていることが障害のようですが、向こうもそう思っているかもしれませんし。」

「えっ？」

彼の言葉に、それまで引きつった笑顔を見せていた車掌の表情が変わった。

「たとえ離れて暮らしていても、何かあったら駆けつけてくれる存在が一人でも多くいるということは、あなたのおばあ様にとって、勇気と安心を与えることと僕は思います。」

「……。」

「あなたには色々と移動手段（あし）もありますし、それに目的地へ最善のルートでたどりつくことに関しては、人より長けているはずじゃありませんか。」

「……。」

そこへ、車掌の彼を捜して、駅長が建物の中から出てきた。機関室の前に立っていた彼もそれに気付いたようで……。

「ああ、すみません。足止めしてしまって。今のも余計なお世話であれば、どうぞ無視してください。それでは。」

そう言って、彼は向きを変え、立ち去ろうとした。すると……。

「あの、ありがとうございます。」

振り向くと、車掌の彼が帽子を取り、お辞儀しているのが目に映った。やがて、彼は頭を上げると、眉間にしわを寄せる駅長と共に、駅舎の中へと消えていく。ホームに残された方の彼は照れくさそうに微笑むと、おもむろにわたしを見上げてきた。

「僕らの仕事は待たされたり、文句を言われたりの毎日だけれど、こんなふうに人と人とがつながることの役に立てる。人の希望になれる仕事なんだ。そう思えば、嫌なことなんて吹き飛んでしまうよ。」

そう言って、彼はにこりと目を細めた。すると、次の瞬間……。

ポーッ！

どうして？　誰も汽笛の弁には触れていないのに……。

一瞬気のせいかとも思ったが、汽笛の弁からは白い湯気が立っており、確かにそれが音を鳴らしたことを証明している。こんなことは初めてだ。なぜ、汽笛が鳴ったのか、当時のわたしにはわからなかったが、その傍らにいた彼の方は一瞬驚いた様子を見せただけで、すぐにまた先ほどの笑顔を浮かべていた。じっと、わたしを見上げたままで。

「あれ、何やっているんですか？」

見ると、そこにはこちらを見つめる助手の姿が。

「ああ、すみません。ちょっと、立ち話を。」

彼はそう答えると、右手でめがねをくいっと上げた。

「もうおしゃべりの時間は終わりです。行きますよ、ハリスさん。」

ああ、修理中の暇つぶしとはいえ、ずいぶん昔のこと、思い出しちゃったなぁ。

あれ以来、ハリスはわたしに話しかけてくれるようになったのだ。おはようの挨拶に始まり、本線やよその鉄道で起きたニュースがあると、それを話して聞かせてくれた。時には、人知れず彼が抱える愚痴や悩みも……。

それが今となっては、ものを考えるときのわたしの頭の回路となっているのだから、彼には感謝すべきところなのだろう。しかし、ふと思い返してみれば、ものを考えられるようになったがために、今はこうして、暇を持て余すことになったのだ。だとすれば、彼にはその責任を取って、ここで一緒に、わたしの暇つぶしに付き合ってもらいたいものだ。

V　ヒーロー

月は雲がかかっていて、よく見えない。わたしは今、長い長い貨物列車を引っぱって、本線を走っている。

一月前、雨風吹き荒れる嵐の中、手負いの状態を押しながらも、帰り道を絶たれた子ども達をふもとの駅まで送り届けたヒーローがなぜ、こんな真夜中に貨物列車を引いているのかって？

その疑問の答えには、わたしの機関士自身がこの仕事を命じられたときのことをお話しするのが一番だろう。そのときのことは後日、彼の口からわたしへと聞かされたので、わたしもそれをそのまま、お伝えしようと思う。

それはわたしが例の大仕事をやり遂げ、工場に入ってから一週間ほど経ったある日のことだった。わたしがいない間、支線の仕事はよそから来たディーゼル機関車に任されることになったため、ディーゼル機関車の運転ができないハリスはそれまで、駅の掃除を手伝ったり、保線係の仕事に駆り出されたりという日々を送っていたらしい。それが突然、本線の中央駅に呼び出されたかと思うと、彼はある人物のオフィスへ通されたそうだ。

コンコン！

「失礼します。」

その人物というのは、ハリス曰く、わたしが知っている彼の上司、駅長や助役よりもずっと偉い人らしい。彼は部屋に入ってきたためがねの青年にまず、こう言った。

「この間はずいぶんご活躍だったようだね、ハリス君。」

「はい？」

開口一番、目の前の上役から投げかけられた言葉に、戸惑いの表情を浮かべるわたしの機関士。

「嵐の中、勇敢にも列車を走らせ、乗客を送り届けたそうじゃないか。しかも、そこには道路の都合で帰れなくなった遠足の子ども達まで乗っていたとか。」

「えっ、ええ、まぁ……。」

言葉だけを聞けば、この度の仕事を評価してくれているようにも受け取れる上役の台詞。しかし、そう言って笑顔を浮かべる彼の目の奥は笑っていなかったそうで、その言葉を素直に受け取ることの憚られたハリスはなんとも曖昧な返事を返した。

「バス会社からはお礼を言われたし、幼稚園からは感謝状も届いている。それにこれだ。」

そう言って、彼は一枚の紙切れを差し出した。

「これは……?」

「君が送り届けた子ども達の、親の一人が新聞記者だったようで、今回の君の活躍について、小さいが、ここに書かれている。」

「……。」

「今や、君はちょっとしたヒーローだよ。」

「それは……光栄です。」

その記事に目を通したわたしの機関士は思わず、頬が緩みそうになってしまったらしい。すると、その一瞬、目の前の上役の顔からその不敵な笑みが消えて見えた。と、彼はわたしに話すとき、そう言っていた。

「……しかし、世間はそうでも、我々は、今回の君の行動を全面的には肯定できないんだ。なにしろ、上からの命令を無視して、列車を走らせたのだからね。」

「申し訳ありません。そのことについては反省を……。」

「いやいや、別に君を責めているんじゃないんだ。ただ、万が一にもヒーロー扱いされて、図に乗ってでもいたら、まずいと思ってね。」

「……。」

「ああ、すまない。気を悪くしないでくれよ。私はただ伝えておきたくてね。私はともかく、他の鉄道幹部達がこの度の君のスタンドプレーを快くは思っていないから、気を付けろ、とね。」

最後だけ特に語気を強めた彼はそう言い終えた後、さらに笑みを強めて、こちらを見ていた。

「お話が以上でしたら、自分は……。」

このなんとも言えない居心地の悪さに、わたしの機関士はその場を去ろうとする。しかし……。

「いやいや、すまない。本題はこれからだ。聞けば、君の機関車の使っている操車場は、設備が老朽化しているそうだな。」

「はい?」

「そこで、改修工事のため、しばらくの間、あの操車場を封鎖する。」

「しかし、それでは……。」

「仕事は引き続き、ディーゼル機関車にやってもらう。ディーゼルなら、転車台や給水塔がなくても、走れるからな。君と君の機関車には別の仕事を用意するから、心配するな。はっはっはっはっは——」

ウーシューッ!

そうして、わたし達に与えられたのが、この夜行の貨物列車の仕事だった。貨物列車といっても、日中、貨物の運搬に使われた貨車を元の場所に戻す役目も兼ねており、連結される貨車の半分以上は積み荷を積んでいない。だから、列車の全長は相当なものだが、重量はそれほどなく、すっかり旅客専門となっていた非力なわたしでもなんとか引いていくことができるというわけだ。

ポーッ!　ポーッ!

とはいえ、決して好ましい仕事とは言えなかった。出発するのは最終の旅客列車が出た後。夜が明ける頃には中央駅に戻ってきて、始発列車を引く機関車が出ていくのと入れ替わりに、機関庫に収まる。列車をつないで、本線を走っている間はずっと真っ暗闇。駅のホームで待つ人などいるわけもなく、昼間の喧騒が嘘のようにしんと静まり返っている。たまに寝台車を連結した旅客列車や郵便列車とすれ違うが、彼らはわたしになど目もくれず、あっという間に、この夜の闇へと消えていく。

普段は乗客の非常識な行動に困らされたり、仕事仲間からの嫌味に晒されているハリスを見たりしては、不平を言っているわたしだったが、このような現状に至っては、わたしの心情を表現するのに〝さびしい〟という言葉を使わずにはいられなかった。我ながら、自分の身勝手さに呆れてしまう。

ウーシュユーッ！

しかし、この昼夜逆転の生活がこたえていたのは、わたしだけではなかった。いつもの仕事場を離れ、貨物列車を引いて、夜通し、慣れない本線を走るという毎日に、だんだんと疲労の色を濃くするハリス。せめて早く仕事を終わらせて、休んでもらおうとは思うのだが、必ずと言っていいほど、毎晩のように、何かしらの不具合が起こり、仕事はなかなか予定通りには終わらなかった。

シュユーッ！　シュユーッ！

かく言う今夜も、仕事はあまり捗ってはいない。そもそも、出発からして定刻通りにはいっていなかったのだ。外国からのお客さんを乗せた客船が時間通りに港に着かなかったことで、旅客列車にも遅れが出ており、その結果、線路が空くまで、わたし達は待ちぼうけを食わされていた。

ピリピリピリッ！

やっと出発できたかと思えば、今度はいくらも走らないうちに、貨車の一台にブレーキの異常が発生し、それを修理するために、また、時間を取られる。

ウーシューッ！

機関車を主人公とした作品の中では、しばしば、貨車というものが先導役の機関車の言うことを聞かない厄介者として描かれることがある。ここ数日来、貨車を引く仕事をしてわかったが、確かに連結される貨車には粗悪品のブレーキを持つものも多く、その扱いづらさを実感させられた。絵本の中で、彼らの正面に意地の悪そうな笑顔が描かれているのも納得だ。

「お待たせ。修理、終わったよ。」

ポーッ！　ポーッ！

この列車は、その日の積み荷にもよるが、ほとんどの場合、各駅に止まる。その駅で降ろす荷物を積んでいる貨車や返却される空の貨車を切り離し、駅の待避線に置いていく。長い貨物列車の場合、その駅で待機している入れ換え用の機関車がその作業をしてくれることも多いのだが、すでに日付も変わっている真夜中に、わたし以外の機関車の姿はない。わたしは、連結を解かれた貨車を自分で引いていき、自分で待避線まで押していかなければならないのだ。

キー、コン、ガチャン！

貨車を置いて、列車の前に戻ると、助手が連結を締め直す。そして、仕事を終えた助手が乗り込むのを待って、車掌は合図の笛を吹き、ハリスはブレーキを緩める。ところが、次の駅を目指して、再び、走り出そうとしたそのとき……。

「ちょっと待って！」

大声でそう叫びながら、照明で照らされたホームを若い駅員が駆けてくる。

「まだこの駅で降ろす荷物があります！」

駅員に言われ、ハリス達が調べると、切り離さなければならない貨車は、列車の後ろの方につながれていた。

「貨車は切り離す駅ごとにまとめておくよう、言ってあるんだがなぁ。」

忌々しそうにぼやく助手。とはいえ、それをつなげたまま、行ってしまうわけにはいかない。まずはその置いていかなければならない貨車よりも前に連なる貨車の列を切り離し、一番近くの分岐まで走らせると、ポイントを切り替え、隣の線路へと押し込む。そして、残してきた後続の貨車からお目当ての貨車だけ切り離すと、それを引いていき、待避線に置く。それから再び戻って、先ほど隣の線路に移した貨車を連結し、それをホームで待つ貨車の列の前につなげた。

「ふぅ。」

連結器をかけ直した助手がハンカチで汗を拭きながら、機関室に戻ってきた。

「さぁ、今度こそ、出発だ。」

ポーッ！　ポーッ！

今のこの貨車の移動作業で一体、どれほどの時間を費やしてしまっただろうか。貨車を切り離し、さっきよりも身軽になったはずなのに、気持ちばかりが焦って、列車はなかなか前に進まない。

それでもなんとか信号所のところまで走ってきたとき、ハリスが何かに気付いた。

「水がもうないんじゃありませんか？」

彼は水槽の残量を示す目盛りを見ながら、言った。予定外のことが次々と起こった今夜、出発時に満タンだった炭水車の水はいつもより早いペースで消費されてしまったらしい。忙しそうにかまに石炭をくべていた助手も目盛りに視線を移し……。

「えっと、ああ、そうですね。次の駅で給水しましょう。」

「いえ、それでは間に合わないかもしれません。さっきの駅に戻って、給水しましょう。」

「しかし、これ以上、遅れを出すというのは……。」

「途中で水切れを起こして立ち往生すれば、もっと面倒なことになるでしょう。この先には本線で一番の急勾配も控えていますし、安全策を取りましょう。」

ハリスが信号所に事情を説明しに行き、その間に助手がわたしと貨車の列とをつなぐ連結器を解いた。信号士の許可が出ると、ハリスはわたしを隣の線路に移し、さっきの駅を目指して、後ろ向きのまま、走らせる。

シュー ッ！　シュー ッ！

一体、今、何時頃なのだろう？　機関車はおろか、線路脇を走る道路ですら、長距離トラックを一台、見かけた程度だ。辺りがしんと静まり返っているおかげで、助手がシャベルで石炭をすくう音まではっきりと聞こえる。

ウーシュー ッ！

駅にたどり着くと、早速、炭水車の水槽にホースが差し込まれ、給水が始められた。炭水車の上にのぼった助手は、水槽の中を覗き込みながら、うんざりした様子でため息をつく。ハリスも、その顔に浮かぶ疲労感を隠せてはいなかったが、機関室を

降りて、わたしの目の前へ来ると、ランプのガラスを拭き始めた。

「疲れただろう?」

そう言いながら、労(ねぎら)いの気持ちを表わすように、わたしの緩衝器を撫でる彼。そんな彼の姿に、わたしの頭の中では、ある思い出が想起されていた。

シューッ! シューッ!

それは修理に出されていたわたしがいよいよ仕事に戻れるという日の前日、工場で最後の調整を受けているときのこと。工場に入れられて以来初めて、ハリスがわたしのもとを訪ねてきた。あのときも、彼はしばらくぶりに顔を合わせたわたしの緩衝器を撫でていた。おそらくこれから話すことでショックを受けるであろうわたしを慰めるように。

「当分の間、あの支線の仕事からは離れることになった。」

彼はそう言って、わたしが先ほど冒頭でお話ししたようなあらましを教えてくれた。辺りには、整備工や監督官など、人はたくさんいたが、誰も彼もみな慌ただしく動き回っており、彼が機関車に話しかけていることなど気にも留めていないようだった。

「後悔したりしてないよね？」

明日からの仕事のことを話し終えたとき、彼が不意に尋ねてきた。

「これ、僕の勘違いだと恥ずかしいのだけれど……。僕もあのときは正直、迷った。乗客も大事だが、道路の復旧だって蔑ろにはできない。途中にある駅を使うことで解決の可能性は出てきたが、助役の言う通り、万が一のことがあれば、もっと厄介な事態になる危険性もある。安易な勇気では列車を走らせられないと思ったんだ。けれど、そんなとき、君がいた。雨の中、悠然と蒸気を吐く君がね。君がしゃべれたら、きっと、行こうと言うに違いない。勝手ながら、そう思ったんだ。そして、君がやる気なら、何が何でも走り切ってくれるはず。それで、決心ができたんだ。」

そう言って、上げた彼の顔には笑みが浮かんでいた。

「そして、実際、君はあの大変な状況で仕事をやり遂げた。もし、これが僕の思い違

ポーッ！　ポーッ！

ああ、ハリス、見て。月がとってもきれいだよ。

著者プロフィール

好郷 えき（こうざと えき）

1991年、東京都生まれ。前著『わたしは きかんしゃ』に続き、人の心を持った機関車アビーと、その機関士ハリスの物語を書く。今作について、「鉄道で働く一員として、人の心を持つ一人格として、ハリスのパートナーとして。前作同様、“わたし”こと、アビーの様々な面を見てもらい、知ってもらえたらと思います」と語る。

わたしの優しい機関士

2022年１月15日　初版第１刷発行

著　者　好郷 えき
発行者　瓜谷 綱延
発行所　株式会社文芸社
〒160-0022　東京都新宿区新宿１－10－１
電話　03-5369-3060（代表）
03-5369-2299（販売）

印　刷　株式会社文芸社
製本所　株式会社MOTOMURA

ISBN978-4-286-23297-3